I0450750

Huis van sand

Huis van sand

Dianne Du Toit Albertze

Human & Rousseau

Wenner van die Reinet Nagtegaal-teksprys 2025

Outeursreg © 2025 Du Toit Albertze
Outeursreg in gepubliseerde uitgawe © 2025 Jonathan Ball Uitgewers (Edms.) Bpk.
Eerste uitgawe in 2025 deur Human & Rousseau,
'n druknaam van Jonathan Ball Uitgewers (Edms.) Bpk., Heerengracht 40, Kaapstad

Omslagontwerp deur Not Another Joe Design
Omslagillustrasies deur iStock_Sunshine Seeds en Anton Deev
Tipografiese ontwerp deur Wouter Reinders
Geset in 10 op 14 pt Minion Pro

LSiPOD ISBN: 978-07981-8601-8
Eerste uitgawe, eerste druk 2025

Alle regte voorbehou.
Geen gedeelte van hierdie boek mag sonder die skriftelike verlof van die uitgewer
gereproduseer of in enige vorm deur enige elektroniese of meganiese middele weergegee
word nie (hetsy deur fotokopiëring of klankopname), of enige ander stelsel vir
inligtingsbewaring of -ontsluiting. Dit mag ook nie gebruik word vir die programmering van
kunsmatige-intelligensiestelsels of soortgelyke tegnologieë nie.

Vir Tinarie

Huis van sand is die eerste keer opgevoer by die Toyota Stellenbosch Woordfees onder regie van Wolf Britz.

Die rolverderling was as volg:
Tinarie van Wyk Loots (SANDY)
René Cloete (BABS)
Kristen Raath (SUSSIE, DIEDIE en JUFFROU APPEL)
Jefferson J. Dirks-Korkee (RODNEY, ROMARIO en MENEER DE KOCK)

Inleidend

Babs en Sandy leef van die oorblyfsels van hul verlede. Die vier mure van hulle karavaan ken baie geheime, en al is dit 'n nederige woonplek, is dit hulle pondokpaleis; die twee se sandkasteel.

Sandy het haar swerwersbestaan op die N7 koebaai gesê om saam met Rodney 'n lewe in sy karavaan net buite Springbok te begin. Die bottel vir eers gebêre om Babs groot te maak.

Babs probeer haar bes om die bloed uit haar herinneringe weg te was en aan te beweeg. Noudat sy volwasse is en as onderwyser by die plaaslike laerskool werk, probeer sy die verlede agter haar sit.

Maar die stofstorms van die verlede gaan lê nie vir altyd nie en haal haar keer op keer in.

Die kouevuur van Sandy en Babs se onthou neem die gehoor op 'n verbeeldingsvlug – 'n treinrit na binne waar die grense begin vervaag.

Karakters

BABS: 'n Wit vrou in haar twintigs. Sy is 'n onderwyser by die plaaslike laerskool. As tiener was sy 'n rabbedoe, maar as volwassene is sy diplomaties dog hardekwas.

SANDY: Babs se ma, 'n wit vrou in haar veertigs. 'n Mislukte skrywer en voormalige prostituut. Sy dra deurgaans satyn-nagklere en haarrollers.

SUSSIE: 'n Bruin vrou in haar twintigs. Broeiend en brommend, loop met 'n krom rug, Rodney se hoerkind wat nooit skool klaargemaak het nie en swart klere dra à la Winona Ryder in die 90's.

DIEDIE: 'n Bruin vrou in haar dertigs en een van Babs se kollegas by die skool. Sy dra 'n Adidas-sweetpak, vat nie kak nie, is ongewoon moederlik met 'n aansteeklike lag.

JUFFROU APPEL of J/A:

     'n Bruin vrou in haar veertigs. Sag en neuroties. Sy dra 'n hoop boeke lomp rond en het altyd 'n appel by haar, hetsy op haar kop, in haar mond of bo-op die boeke wat sy dra.

     (Die rolle van SUSSIE, DIEDIE en JUFFROU APPEL word deur dieselfde aktrise vertolk.)

RODNEY: 'n Bruin man in sy dertigs. Hy is gevaarlik; 'n lae luis, dog sjarmant. 'n Voormalige motorwerktuigkundige wat 'n trokdrywer geword het. Hy dra 'n moulose T-hemp, 'n vuil denim-oorpak, safety boots, 'n goueketting – 'n beter geartikuleerde Jakes in *Siener in die Suburbs*.

ROMARIO: 'n Vyftienjarige bruin seun. Hy het 'n hardegat-
houding, maar is gebreek van binne. Hy dra 'n kappie-
top en 'n blou Karrimor-rugsak. Loop meestal
koponderstebo.

MENEER DE KOCK of M/D:

'n Bruin man in sy vyftigs. Hy is selfvoldaan en loop
penorent. Hy dra 'n Looney Tunes-das en 'n
dikraambril. Hy is 'n gatkruiper met spotprent-
maniërismes.

(Die rolle van RODNEY, ROMARIO en MENEER DE
KOCK word deur dieselfde akteur vertolk.)

Stel

TREINSPOOR/BUITE
Die speelruimte word met 'n mini-treinstel en -spoor deurvleg.
Hierdie ruimte dien as skakeling tussen die tydspronge en
toneelwisselings. Droomagtig, al speel tonele in die hede ook
hier af.

KASTEEL/BINNE
Die binneruimte van 'n karavaan/kasteel is 'n halwe boksstel: 'n
oopplan-sitkamer en -kombuis met bar fridge, sinkskottel en klein
haasoor-TV, vensterbank met kantgordyne, La-Z-Boy en
opslaantafel met onpaar stoele; verder ook 'n opslaanbed. Daar is
verskeie papsakke orals weggesteek in die karavaan, in 'n
kussingsloop, binne-in die La-Z-Boy, onder die opslaantafel en in
'n duin in die SAND/BUITE-ruimte.

SAND/BUITE
Dit is die ruimte buite die karavaan. Die ruimte buite
verteenwoordig nie net die letterlike paaie waarlangs die karakters
stap nie, maar ook die paaie van die karakters se onthou en
ontvlugting.

KLAS/SAND/BINNE
'n Klaskamer in die woestyn. Dit bestaan uit 'n swartbord en twee
ou houtskoolbanke waarvan die pote in die hope sand wegsink.

DEEL EEN: Skrootwerf

So min om te onthou en tog soveel om te vergeet,
want tussen toe en nou lê iets waarvan die brein nog weet.

– Koos du Plessis, "Somber deuntjie"

PROLOOG: Moenie my hier vergeet nie

Die verhoog is dof verlig. Die silhoeëtte van vier akteurs word sigbaar.

BABS sit op haar knieë en bou 'n sandkasteel. SANDY sit met 'n sigaret in die mond en vul 'n Huisgenoot-sudoku in. Met tye word die tydskrif as 'n spieël ingespan waarin sy kil staar en haar gesig met die potlood grimeer. RODNEY / ROMARIO / M/D lê teen 'n sandduin en mik na die gehoor met 'n kettie. SUSSIE / DIEDIE / J/A staan op 'n skoolbank met groot oorfone en wieg heen en weer.

'n Mini-treinstel se treintjie begin stadig ry op 'n spoor wat tussen die karakters deurvleg. Aanvanklik is slegs die klikklak van die treintjie hoorbaar. Stelselmatig word die klikklak gekombineer met "So What" van Miles Davis, glase wat breek, "Hyperballad" van Björk, die geluid van suisende wind, "Waarom ek roep na jou vanaand" van Gert Vlok Nel en klotsende water.

Ligte fokus in op SANDY en BABS.

SANDY: Babsie, dis nie die lewe wat ek vir jou gedroom het nie.

BABS: Dis Sandy.

SANDY: Ons twee was toe soos Gertjie by ons eie begrafnis.

BABS: Worn down kaatjie van die baan. 'n Sexy Tant Stienie. Of as Ingrid Jonker nooit haar big break gekry het nie. O ja, en sy's my ma.

SANDY: En sy's my Babsie. 'n Tomboy. En 'n ticking time bomb. Omring deur hoë mure met electric fences.

Ligte fokus in op RODNEY.

BABS: Hy staar na sy vuiste asof dit nie aan hom behoort nie.

SANDY: En dis haar stiefpa.

BABS: Rodney.

SANDY: My baby; half Nama, half nomad.

Ligte fokus in op SUSSIE.

BABS: Sy wou ook maar net iemand wees.

SANDY: Sussie. Rodney se hoerkind.

BABS: Broeiend, brommend en beautiful.

ROMARIO grawe 'n blou Karrimor-rugsak uit die sand, sit die kettie daarin en hou die rugsak vas asof dit 'n liggaam is.

BABS: Romario.

SANDY: Vyftien jaar oud.

BABS: Bedonnerd buite en gekraak binne.

JUFFROU APPEL begin die volgende items op haar kop stapel: 'n Bybel, 'n woordeboek en 'n appel.

BABS: Sy is juffrou Appel. Weet nou nog nie of sy rêrig was of net 'n droom nie.

MENEER DE KOCK haal 'n Looney Tunes-das uit 'n tas en knoop dit om sy nek.

SANDY: Meneer de Kock.

BABS: Skoolhoof van Laerskool Bergsig.

DIEDIE haal die appel van haar kop af en vat 'n hap daarvan.

SANDY: En sy's Diedie Klaasen.

BABS: 'n Mix tussen 'n ma en 'n maat.

SANDY: Jy het jou bes getry, my Babsie,
meerder as wat Mamma ooit kon,
maar die heimwee van Springbok se highway
en die never-ending nothing van hiér
van óns
het jou kom haal.
So, kies jou kruis baie wys
want 'n kronkelpaai is om elke draai
en harde klippe is soms brood en botter.
Maar my Babsie,
moenie my hier vergeet nie.

BABS slaan die sandkasteel stukkend. Ligte doof uit. Die klikklak van die treintjie word weer hoorbaar.

TONEEL EEN: Skaduspoor

VERLEDE

SAND/BUITE

RODNEY stap langs die treinspoortjie. BABS probeer om in sy spore agter hom aan te stap.

BABS (*Ingekeer*): Rodney stap. My kaalvoet pas skaars in sy spoor, maar ek moet dit stap want Sandy raak alewig die pad byster. Hoor hoe zoem die highway as jy hier buite die caravan park is. En dis blerrie koud. (*Vou arms teen bors*) Juffrou het gesê ek moet drie diep asems haal as ek nie lekker voel nie. Kyk die teer, kyk die klipkoppies! Dis alles oranje ingekleur.

RODNEY haal 'n klein boombox uit sy tas en hou dit op sy skouer. "So What" van Miles Davis begin krakerig speel.

RODNEY: My deddie se favourite.

BABS: Dit klink soos hy.

RODNEY: Hy sou dit speel wanneer hy happy was.

BABS: Soos spanners en hamers.

RODNEY: As hy ooit happy was.

Kollig op SANDY in die KASTEEL/BINNE wat onderklere in die sinkskottel was en dit oor die kombuisstoele hang. Sy dra 'n satyn-nagrok en het rollers in haar hare.

SANDY: Babsie, moet tog net nie deurmekaar raak nie. Rodney is 'n man van die pad.

BABS: Sy sou my altyd remind as ons alleen is.

SANDY: By die buitetoilet.

BABS: Of die wasgoedlyn.

SANDY: Dan hang ek my woede en twyfel oor Rodney sommer op die draad.

BABS:	Ek moet dan vinnig weer haar woorde van die lyn afhaal. Met die vorige guys moes ek dieselfde doen. Nog altyd.
RODNEY:	Klippe hardloop op en af soos ons loop, al op die beat van die sax. Al langs die teer is net tasse en Savemore-sakke en tienrande uitgehou.
SANDY:	Help, vra die hikers.
RODNEY:	Gesigte soos gisters.
SANDY:	Ook op soek na iemand om te luister.
RODNEY:	Te help dra.
BABS:	Juffrou sê ek moet praat.
SANDY:	Jy moet blerrie dankbaar wees.
RODNEY:	Kjeeners koggel haar OMO.
BABS:	Rodney stap.
SANDY:	Op Vanrhynsdorp tel ek my laaste sente. Silwer is sweet dreams, bruin is bakhandstaan. Ek't al die pap *You* magazine voos gelees en frommel dit t'rug in my handsak. Die koelte kies koers Vredendal toe en die son kom kekkel ons roadkill-padkos uit. Ek en die trokdrywer by die oorkantste garage speel kat-en-muis. Net toe ek die laaste rooi uit my lipstick krap, vang hy my oog – ridder agter 'n Hilux se stuur. Rooi geskroei, maar ek knyp my oë en sien bruingebrand . . . Soek ek na die grootpad om daarlangs te draf oral draai die paadjies van sy woorde af.
BABS:	'n Skelm lae noot bly spring in die song. Dit maak iets seer hierbinne. Voel soos miltsteek. Onthou dat ek ook music op my foun het.

BABS sit een oorfoon in en volg RODNEY van die pad af na SAND/BUITE.

BABS: Stuifmeel syfer om ons heen.

(*Sy begin galop en draai vol bewondering in sirkels rond*)

Gous en vygie en x!ounebe.

*Lig fokus op JUFFROU APPEL wat boeke en 'n appel op haar kop balanseer
terwyl sy 'n sandkasteel op een van die skoolbanke bou.*

JUFFROU APPEL: Die kjeeners sal net ophou as jy nie meer traak
              nie.

BABS: Sê sy toe die klok lui. Pouse groet en sy fluister.

JUFFROU APPEL: Jy weet jy's juffrou se oogappel.

*BABS loop versigtig langs die spoor en kyk agterdogtig na JUFFROU APPEL.
Wanneer hulle oogkontak maak, besef J/A dat sy onwelkom is en begin van die
verhoog loop. BABS gryp die appel van J/A se kop en druk dit in haar sak voor
J/A die verhoog verlaat. RODNEY haal 'n sigaretstompie en boksie vuurhoutjies
uit sy baadjiesak, skud die boksie en steek die stompie met die laaste vuurhoutjie
aan. Hy smyt die boksie eenkant.*

RODNEY: Ons gan na die usual plek.

BABS: 'n Kol tussen die koppies waar mense hulle vullis kom
              verbrand.

RODNEY: Sandy noem dit 'n skrootwerf, maar ek sê sommer
              mop.

SANDY: Die plek laat julle fokken stink. Kry nie daai brand uit
              nie.

RODNEY(*vir BABS*): Sy's bedonnerd. Kan fokken bly wees ek is lief
              vir haar want sy smaak net my paycheck.

SANDY: My arms en bene bloei soms as ons fight. Maar die
              meeste, my oë.

BABS: Hy't 'n voorblad van een van Sandy se magazines by
              die toilet gevat en dit teen 'n sandhoop gesit.

BABS haal die appel uit haar sak en sit dit op die sandhoop.

BABS: Dit is die Engelse *Huisgenoot* en prinses Diana is op die voorblad.

SANDY: "Car crash" in groot rooi letters gedruk.

BABS: Dit spoel deur my verstand.

RODNEY rits sy denim-oorpak oop en trek sy arms uit die moue. Hy knoop die moue om sy middel vas. Haal 'n kettie agter uit sy broek en mik na die appel.

BABS: Hy skiet eerste.

RODNEY: Reg onder ou Diana se tiara.

RODNEY skiet die appel van die sandkasteel af.

SANDY: 'n Dun stroompie sand sypel oor haar gesig.

Ligte doof uit op SANDY en RODNEY. Kollig op BABS.

BABS: As 'n siek joke het die klas 'n bottel sjampoe vir my birthday gekoop.

ALMAL: Veels geluk, liewe OMO, omdat jy verjaar. Mag die Here jou seën en nog baie jare spaar.

BABS: Soos een slang sis hulle my kant toe en sê ek moet terug na die vullisblik waarin ek en my ma gebore is. Juffrou was te laat.

RODNEY sit sy arms om BABS s'n. Hulle hou saam die kettie regop.

BABS: Sy vaalwyn-asem teen my oor. Die Prinses se gesig voor my word 'n swerm bye. Dit ruk in my hande. Are pols oor sy arms.

BABS knyp haar oë toe en skiet die sandkasteel uitmekaar. RODNEY leun sy kop teen haar skouer.

RODNEY: Love you, Babsie.

BABS: Die woorde tatoe sy stem op my nek.

BABS spring op RODNEY se rug en hulle stap weer dieselfde pad terug. Ligte fokus in op KASTEEL/BINNE. "As almal ver is" van Koos du Plessis speel op die

TV. 'n Kil atmosfeer heers wanneer RODNEY die huis binnekom. Hy kyk met afgryse na die vuil klere op die vloer. SANDY sit in die La-Z-Boy en vul 'n Huisgenoot-sudoku in. BABS haal haar skoolsak van haar rug af en sit dit versigtig neer, asof sy bang is iemand hoor haar. Sy maak haar lyf klein.

BABS: Alles ruik na haar. Sahawi-ciggies, bitterheid en cheap perfume.

RODNEY sit die TV af en die musiek stop.

RODNEY: Wat smaak dit ek ruik nog nie eers 'n dite nie?

SANDY rek haar oë en grinnik waar sy nou blokkiesraaisels invul. RODNEY gryp die tydskrif uit haar hande.

RODNEY: Dis ook al wat jy heel naaise dag maak. Kringetjies en kruisies. My got, jy kan nie eens meer twee lines poetry skryf nie so luigat het jy geword.

SANDY gryp na die boek.

SANDY: Watse luigat?

RODNEY gooi die boek eenkant.

RODNEY: Jy's nie meer 'n fokken merrim nie. Vir jou kom staan en wit hou.

RODNEY storm van die verhoog af. BABS volg hom, maar SANDY ruk haar terug.

SANDY: Moenie. Ek kan voor die Jirre nie nou alleen wees nie.
BABS *(aan gehoor)*: Ek voel vir die pistool wat ek agter in my skoolbroek gedruk het. Rodney't vergeet. Maar ek vergeet nie sommer nie.

Ligte doof uit.

TONEEL TWEE: Aan my vergeet vasgeskroei

DROOM

KASTEEL/KARAVAAN

SANDY, met sigaret in die mond, is besig om 'n sandkasteel op haar skoot te bou.

SANDY: die boland is ver van namakwaland
daai doopreën en hierdie dryfsand
drome van studeer en skrywer word vaarwel gewuif
en my aan die wind geoffer

my spore het na groener weivelde gaan soek
en toe in die noord-kaap se vaal vloekveld verdwaal

onder die skadudoek van 'n dor kokertak
met my geel hare en rooi lippe het
my baby se onthou 'n kiekie gevat
'n lift gegee en my om sy hart gedraai

ou sandy wat die bottel sou laat vaar
vir 'n arm om haar te keer as sy uitmekaar skeur
tussen woorde van koper en graniet
het hy my hand gevat
rodney, man met 'n plan
twee groen damme en 'n brons-krulkroon
half nama, half nomad
'n job in springbok losgeslat
sy karavaan aan 'n Hilux gehaak
ek met my bietjie niks lat sak en pak

meisiekind-memories het nes roadkill in die pad gelê
ek druk my naels in jou arms
en jy byt my oor
my half nama, half nomad
op pad na niemandsland

ver vannie boland

en rodney, baster geklassifiseer teen sy wil
'n wêreld wat verdraai wie jy is
seker gehoop die kleur van my vel sou help
maar maak nie saak
hoe hard
sy kop die kiekie van my
in kokertak-skadu wil opwek
as die nag eers so donker raak
nes juliemaand se oggenduur-miskombers
dan is ons almal ewe swart
nes die kind doodgeskiet in nyanga

baartman met boegoe en kruisement huis toe gebring
so swart noudat slapende honde wakker is
weg van die kroeg
weet ek iets van woorde
maar jy ken net die klank van miles se saxophone
jou deddie se hees geskel oor Skietbank se vlaktes
jy ken net van die knorrige oom by home affairs wat
wou weet
wat jy is
hy het vir jou gekies
toe kies jy vir my
en ek brand al my blaaie
maar sonder dat jy weet
is elke vers
in my vergeet
vasgeskroei

Ligte doof uit.

20

TONEEL DRIE: Kryt

HEDE

KLAS/SAND/BINNE

BABS loop tussen die skoolbanke deur. Sy praat met die gehoor, en maak tussendeur die leerders stil. ROMARIO sit in die verste bank en maak kleibolle waarmee hy haar gooi.

BABS (*aan gehoor*): Ek hou van kinders wat binne die lyne inkleur. Leer my klas elke dag oor reg en verkeerd; wit en swart. Ek leer maar wat vir my geleer is. Vandat ek by Laerskool Bergsig begin skoolhou het, het ek nog geen probleme ondervind nie. Dis my eerste job ná universiteit en ek wil graag 'n goeie indruk maak. Ek smelt in by die kantoorstoele en bleek gordyne in die personeelkamer, al is ek aansienlik jonger as my kollegas. Die ouer vroue loer my venynig aan en die mans knip ongevraagd oog. Maar vandag, vir die eerste keer vandat ek by die skool is, begin iets in my binneste uitrafel. (*Aan ROMARIO*) Sit asseblief stil, Romario.

ROMARIO: Dan moet juffrou ook stil sit.

BABS: Ek is die juffrou hier.

ROMARIO: En ek is die meneer.

BABS: Haal diep asem, Babs. Gaan voort met jou tafels op die bord. Ek gril my vrek as die kryt so op die bord skuur. Dit was nog nooit my speciality nie, ons het met iPads by die universiteit gewerk. Ek is vir Model C opgelei, nie vir 'n staatskool nie.

ROMARIO: Nee got, juffrou.

BABS (*se blik sny na hom toe*): Uit my klas uit.

ROMARIO: Dis nie juffrou se klas nie.

BABS: Nou wie s'n is dit?

ROMARIO: Die government s'n.

BABS: Dis LO-periode. Die cool meisies beduie voor almal na my dik sanitary pad wat deur my tights wys. (*Aan ROMARIO*) Gaan, asseblief.

ROMARIO: Ek issie lus nie.

BABS: Jy's 'n blerrie doos! (*Aan gehoor*) Ek praat nie so voor my leerders nie, ek weet nie waar dit vandaan gekom het nie.

ROMARIO gluur sydelings, ooglopend verneder. Sy mond trek skeef en hy sak laag in sy stoel af.

BABS: Ek't nie bedoel om –

ROMARIO: Juffrou se ma se poes!

BABS gryp die kind voor die bors en ruk hom uit die bank. Hy val eenkant. Blitsig kom hy op sy voete en pyl op haar af; stamp haar teen haar lessenaar vas. Haar bene wil onder haar meegee, maar sy kom orent. Hy kyk haar uitdagend aan, asof hy vra: Is dit al wat jy het? BABS klap hom.

Ligte doof uit.

TONEEL VIER: Waar ek staan

VERLEDE

KASTEEL/BINNE

BABS en SANDY kyk The X Files *op TV. SANDY lê met 'n glas wyn in die La-Z-Boy. BABS sit by haar voete in 'n Hello Kitty-kombers toegedraai.*

SANDY: Rodney het later 'n job as trokdrywer gekry en toe sy lewe vir die langpad gegee. Hy sou vir maande aaneen nie sy gesig wys nie, al het ons hoeveel keer sy lorrie op die hoofpad sien verbyseil.

BABS: Ek onthou nog sy naak lyf in hare vasgevleg.

SANDY: Soms hoor ek hom nog in die oggendure inkom. Baby sou dan sy bootse uitskop en agter my rug kom lê.

BABS: Wens hy wou my eerder vashou.

SANDY: Voor ek uitmekaar val.

BABS: Hy het gekom en gaan soos dit hom pas.

SANDY: Net as ek en Babs weer mekaar begin verstaan en leef soos twee eende wat dryf op 'n roerlose meer.

BABS: Dan kom skeur hy weer als wat ons kon vasstik aan mekaar.

SANDY: Baby het getry opmaak vir sy afwesigheid deur die karavaan vol Barbies en teddiebere te pak, tot Hello Kitty-beddegoed aangedra.

BABS: Klomp stront. Ek hou van tawwe tomboys. Kim Possible en Lara Croft. Karate en PlayStation.

SANDY: Hy sê dis verkeerd. Rodney. Maar hy sê self, Babs is so seunserig omdat sy nie 'n vaderfiguur gehad het nie.

BABS: Diep binne my weet ek waar ek staan.

SUSSIE kom op die verhoog gestap. Sy is 'n lomp emo-tienermeisie met 'n sakkerige Linkin Park hoodie aan. Sy dra 'n groot koffer in die een hand en Usave-sakkies in die ander.

SANDY: Nou wat staan jy so?

SUSSIE trek haar skouers op.

SANDY: Op Babs se sestiende verjaarsdag het Rodney die pad gevat en nog 'n plaat lat val.

BABS: Sussie, 'n naam wat op my hart uitgekerf is.

SANDY: Haar naam is eintlik Valencia en sy is Rodney se hoerkind.

SUSSIE: Deddie het my gemaak en toe innie drom gesmyt. En met drom, mean ek – Ouma toe! Waantoe alle unwanted kids gestuur word. Langstraat nommer 3 in Bergsig. 'n Sinkhok in antie Rinda se agterjaart. Die eenvertrek was te klein vir my kwansuise bad luck en grootmens-maniere.

SANDY (*aan SUSSIE*): Soek jy nou 'n toer van die plek ook?

SUSSIE: Waar moet ek slaap?

SANDY draai na BABS en grinnik.

SANDY: For all I care kan jy buite loop lê.

Tot SANDY se verbasing gaan help BABS vir SUSSIE om die tasse in die slaapkamer te sit.

BABS: Sy herinner my aan mooi goed.

   (*Sy neem ongeërg die boksie vuurhoutjies uit Sandy se bra en steek een aan*)

   Goed wat ek nog sal ontmoet.

Voor die vuurhoutjie uitbrand, gooi sy dit in een van die treinwaens waarin blitz en houtskool knetterend aan die brand slaan. 'n Sprokiesagtige remix van "Hyperballad" begin speel terwyl dowwe fairy lights al langs die spoor ophelder. BABS neem SUSSIE se hand in hare en loop agter die treintjie aan wat stadig wegtrek.

Ligte doof uit.

TONEEL VYF: Verlore siel, pap wiel

HEDE

SAND/KLAS

MENEER DE KOCK staan op een van die skoolbanke en vou sy sakdoek op. BABS kom versigtig op die verhoog.

DE KOCK: Maak die deur toe.

BABS (*aan gehoor*): Meneer de Kock se kantoor ruik benoud soos 'n
   vulstasietoilet. Ek probeer om nie my neus toe te druk
   nie. Vermy die gesinsfoto's op sy lessenaar. Kinders
   met groot voorkoppe en haasbekke.

DE KOCK: Sit.

BABS (*aan gehoor*): Nadat ek my weergawe van die gebeure aan hom
   vertel het, vou hy sy vingers inmekaar en plaas dit
   berekend op die tafel wat ons twee van mekaar skei.

Ook maar goed so, want as hy 'n hand van simpatie op my gesit het, sou ek hom moer. Wit en swart tel nie altyd nie.

DE KOCK: Kom ek draai nie doekies om nie, juffrou.

BABS (aan gehoor): Ek sien al klaar hier kom kak.

DE KOCK: Die leerder gee ons al van wafferse tyd af probleme. Jy doen ons vandag 'n grote guns.

BABS: Ekskuus, meneer?

DE KOCK: Hy's 'n klein werfetter. Die ma-goed is 'n spulse suiplap wat niks omgee vir hul kjeend nie. Nou sit ons met die dassiedrolle.

BABS: Maar ek was tog verkeerd, meneer.

Hy haal 'n sakdoek uit sy baadjiesak en vou dit stadig oop terwyl hy 'n paar keer melodramaties sug. Hy vee sy gesig daarmee skoon.

BABS: Dis verkeerd om 'n leerder te vloek.

DE KOCK: Moet asseblief nie die saak onnodig kompliseer nie, juffrou. Hierdie is nie die universiteit nie, dis die regte lewe.

BABS: Beteken dit ek kry nie 'n waarskuwing nie?

DE KOCK: Dis onsmaaklike papierwerk.

BABS: En wat van Romario?

DE KOCK (klim van die skoolbank af): Hy sal nie meer vir juffrou 'n probleem wees nie.

BABS (aan gehoor): Toe ek tjailatyd na my fiets toe stap, is die tyres stukkend gesteek. Ek het die fiets huis toe gestoot en myself belowe om die insident uit my kop te delete. Was nog altyd goed daarmee om mense en gebeure eenvoudig uit my geheue te verwyder. Dis al hoe ek snags aan die slaap kan kom.

Ligte doof uit.

TONEEL SES: Kolskoot

VERLEDE

SAND/KLAS

BABS staan met 'n skoolsak oor die skouer op een van die skoolbanke. JUFFROU APPEL sit in die ander skoolbank, asof in 'n beskuldigdebank. Sy maak 'n potlood skerp. Met tye raak sy deur herinneringe meegevoer en maak dan kringetjies en kruisies op die bank en in die lug.

J/A: Ek het die kjeend so bejammer toe sy die oggend by my klas aankom. Kuifie natgesweet teen die voorkop. Tandjies skaars geborsel en skoene asvaal geloop.

BABS: Ek't juffrou gemis.

J/A: Ek poog maar 'n glimlag en wys elkeen moet sitplekke inneem.

BABS (*klim van die skoolbank af*): Die kinders se gepraat raas deur my kop. Ek kyk hulle nooit in die oë nie, bang ek word ook 'n rots soos almal anders in die dorp. My boek is by die huis.

J/A: Ek vra sy moet langs iemand sit om saam te lees. Ai tog, en niemand wil hê sy moet langs hulle sit nie. Beduie dan dat sy by die naaste een moet kyk. En dat sy maar die haartjies moet weghou. Netnou begin skel een weer oor die droë kopvel.

BABS: Net toe ek my gesig na die eerste boek draai, skree een.

J/A: "Gaan, jou stink ding!" Wit vlokkies spat uit haar hare en daal soos stuifmeel om ons heen.

BABS: Die lag en uitjou en gatvat word al sagter om my. Die bruin banke en die branderblou mure, die wit en grys klere en klipgesigte word veld om my.

J/A sit 'n appel op haar kop.

BABS: Prinses Diana en Charlize Theron is al wat ek voor my sien. Hordes van hulle. Papiergesigte wat vir my tande

wys. Met krone en horings op die kop. Vygie- en gous-
en botterblomme geur om my. Dis asof 'n windstorm
die klas tref, want hulle tsunami uit hulle banke en
spoel uit op die grond. My oë bloei soos Ma s'n. Sy sê sy
sukkel om deur die bloed te sien. Ek moet ons tasse
pak. Sy't vergeet om te sê Rodney mag nie saam weghol
platteland toe nie. Hy is by my. Nie soos die vorige
werfetters wat almal net stof geword het nie. Kan die
saxofoon hoor skree uit sy boombox. (*Sy haal 'n kettie
uit haar skooltas*) Ek voel hom teen my fluister . . . (*mik
met die kettie na J/A*) Skiet!

*J/A maak die bank se blad oop en 'n horde swart vlinders vlieg daaruit. Ligte doof
uit.*

TONEEL SEWE: Die dood van Juffrou Appel

DROOM

SAND/KLAS

*Kollig op ROMARIO wat in 'n skoolbank sit en 'n sandkasteel daarop bou en dit
dan weer afbreek. Hy herhaal dit weer en weer.*

ROMARIO: die dag maak toe
blouspirits deur 'n witbrood van bo is weg
daai nikswit hou derde oog
die dag skeur in stukke
tussen die garings deur loer die nag met sy sterre
som is klomp soos visvlooi-merke
anner op hulle eie
like ekke
wat humble tot dit diepdonker
ek en Afrika
alleen
vir juffrou wat witbene

27

die mirrag stroll an
my kop raak lam
smaak tiep
nangani
minute virrie nwata-gedagte
die afgedopte mure is getuie
drie maande tel dit af
juffrou moet sat gemaak raak
feel virrie koue vannie oukapi
in my skoolkous
slowly met die vingers
tot in my palm
ek houvas 'n ster in my hanne
'n skerp rant
een ding an my kant
kapadien
nou
is tyd
vi
haar
om
te
val
in
my ore die voedingsklok
skel en raas op my kop
klink soos die zalie gesuip innie pad voor ons huis
wanne sy ammel se poes wil vertel
die klok paselie my
en
ek
lat

val

my

kop

kap

en

kap

tot

die klok se keel seer raak

rou

ryg die stilligheid my toe

ek opkyk en check ammel het gespat

net stof wat dik raak

innie nikswit straal

deurie klas se gekraakte ruit

ennie nag skeur deur

Afrika teenie dak

vol diepdonkerte

die stil kriek

buite skree 'n pregnant girl in graad vier

ROMARIO smyt al die sand van die skoolbank af. Ligte doof uit.

TONEEL AGT: Onse vaders

VERLEDE/DROOM

KASTEEL/BINNE

BABS sit op die eetkamertafel en pak versigtig breekware opmekaar, bou iets wat soos 'n toring lyk. SANDY sit in die bed en grimeer haar gesig met 'n potlood. Die tydskrif word ingespan as 'n spieël.

KLAS/SAND/BINNE

ROMARIO sit onder die tafel en skeur blaaie uit 'n woordeboek waarmee hy papiervliegtuie vou en die gehoor ingooi.

29

BABS: Toe ek by die verbeteringskool kom, was die mure toegeplak met hierdie blommetjies-muurpapier wat lyk soos klomp klein ogies.

ROMARIO: Aande klink dit of zombies op ons dak trampolien spring.

BABS: Die nonne van die Katolieke Kerk het die plek gerun. Hulle het sulke klein ogies gehad. Ogies wat als sien. Al die soetseer memories van Rodney en die skool wat ek net nie kon vergeet nie.

ROMARIO: Ek't al klomp shit oppie dak gepak net om nie weg te waai nie, maar die dak is soos ek en ma-goed net-net aanmekaargesit.

BABS: Ek moes drie keer 'n dag die "Onse Vader" opsê.

SANDY: Vergeef ons ons skulde, soos ons ook ons skuldenaars vergewe.

BABS: Maar al wat ek aan kon dink, was die mure. Klam en dig.

ROMARIO: Stilletjies het ek die shit op die dak begin afhaal.

SANDY: En lei ons nie in versoeking nie, maar verlos ons van die Bose.

ROMARIO: Stuk vir stuk.

BABS: Een reep na die ander trek ek die muurpapier af.

ROMARIO: Nag ná nag 'n bietjie meer.

BABS: Die muurdoek afgestroop.

ROMARIO: Terwyl ek plan aan die dood van Juffrou.

SANDY: Soos in die hemel net so ook op die aarde.

BABS: Elke volgende dag sou die papier weer teruggroei. Dan moet my kop dit weer van vooraf krap.

ROMARIO: Piece vir piece . . .

BABS: Binne ses maande kon ek twee van die mure stroop van daai lelike blommetjiespapier wat lyk soos ogies.

ROMARIO: Elkeer assie sinkplaat afdonner, xhou ek vannie lag. En dronk deddie hol die hele lokasie vol agter die ding an; soos ek agter my drome.

BABS: Binne ses maande het vuil repe nog aan twee mure gekleef. Twee bastermure. Of een. Maar ek sal skoon kom.

ROMARIO: Dissie my skuld nie, Mammie.

SANDY: Soos ons ook ons skuldenaars vergewe.

ROMARIO: Dissie juffrou wat vol kak is.

BABS, SANDY en ROMARIO klap gelyktydig hul hande.

BABS: Dassie geskiet. Skoon, glibberige vlees aan die een kant en harde wol aan die ander.

ROMARIO: Mettie toppie se oukapi in my pocket kan ek al my move sien. Haar sat maak.

BABS en ROMARIO sê die volgende spreekbeurte gelyktydig. SANDY mompel verder dele uit die "Onse Vader" by haarself.

BABS: Ek het ná ses maande huis toe gegaan.

ROMARIO: Ek het ná een maand skool toe gegaan.

BABS: Ek bly krap.

ROMARIO: Maar die dak wou nie meer af nie.

BABS: Die ogies wil nie ophou kyk nie.

ROMARIO: Die toppie se oukapi in my pocket.

BABS: My vel is vol muurpapier.

ROMARIO: Piece.

BABS: Vir piece.

Ligte doof uit op KASTEEL/BINNE.

ROMARIO: droom ek oorie dood van Juffrou
elke aand dieselle kak
ek wat innie mirrel vannie aand staan oppie mop
sterre op my skouers

die maan vedala
dan begin krap ek hierie klompe Daisy- en Laat Oes-
empties uit my tas uit
en gooi dit in 'n ghellieblik
klompe vannie goed
tot daa net 'n rok oorbly
Juffrou s'ne
ennit feel soos sagte shit wat ekkie ken nie
'n man wil sommer begin skree
sien weer my toppie se rug soos hy wegstap innie
stofpad voor os hys
hoor weer hoe die kjeeners vi my lag
en hoe sy my klap soos ek wens my eie zalie my kon
klap
aan my vat
en nie net van my vergeetie
ek hou juffrou se rok bo die vuur
God
ek ken nie die kwaai ways van bid nie
is ook nie baie by die kerk of altyd 'n gehoorsame
laaitie nie
ek vra maar net dat jy my
weetie
kom houvas vanaand
x!kam in jou arms
voor als wegbrand
amen

Ligte doof uit.

DEEL TWEE: Samaria

And I had to learn
why I would rather
die than love.

– Anne Sexton, "The Double Image"

TONEEL NEGE: Rivier, o rivier

HEDE

SAND/BUITE

BABS en DIEDIE loop stadig al agter die treintjie aan na die sandduine toe.

DIEDIE (*aan gehoor*): Ek het aangebied om vir Babs 'n dop te koop ná
werk. Ek het die nuwe onnie nogal jammer gekry. Die
boervrou kan obviously nie met die werkstres deal nie.
En ek, wat Diedie Klaasen is, weet dat die enigste ding
wat help vir 'n meltdown drank is. Toe laai ek Babs se
fiets in my vuil pienk Volla en park voor die
bottelstoor.

*DIEDIE draai vinnig 'n doek om haar kop en sit haar nagemaakte Versace-
sonbril op.*

BABS: En as jy dan nou soos Najwa Petersen lyk?
DIEDIE: Gots, dis mos 'n weeksdag. Die mense kan my nie hie
sien nie.

BABS (*hou haar hand uit*): Nou laat ek koop.

*DIEDIE skud haar kop en druk die gefrommelde twintigrandnote in haar bra. Sy
maak asof sy 'n beroemde persoon is wat moet koes vir die aandag van die
kamstige mense in die skoolbanke.*

DIEDIE: Ek het vandag die tjeld by Tjing Tjong Cash Loans
gekry. En kyk nou. Al weer vloo.
BABS (*grawe 'n papsak uit een van die sandduine*): Diedie het aangehou
dat ons Groenplaas toe moet ry. 'n Spot doer ver met 'n
klein rivier op die pad na Nababeep toe.

*DIEDIE krap verwoed in haar handsak en bring twee klein glasies te voorskyn
wat sy met sand uitspoel.*

BABS (*skink vir hulle*): Jy kan nou maar jou disguise afhaal.

DIEDIE (*vat selfbewus aan die sonbril*): Dis Versace, jy weet.

BABS: Ja, en my boxer is Victoria's Secret.

DIEDIE swaai gemaak afkeurend 'n arm na BABS en dan klink hulle glase. Albei gooi die bier met een sluk by hulle keel af.

DIEDIE: Jy was dam nie lekker vandag nie?

BABS: My kop raas die afgelope tyd, jong.

DIEDIE: Wat xhorro jy dan nou?

BABS maak weer hulle glase vol.

DIEDIE: Jy moet vir jou 'n man kry.

BABS: Ag, moenie weer –

DIEDIE: Sorry, ek meen vrou.

BABS grinnik en hou die glas na DIEDIE uit.

DIEDIE: Wanne laas het jy 'n ietsie gehad?

BABS: Moet tog nie karring nie, Diedie.

DIEDIE (*rek haar oë*): Ek issie jou ma-goed nie.

BABS steek 'n sigaret aan en kyk ingedagte na die rivier. Die geluid van klotsende water word harder.

BABS: Ek mis vir een of ander rede my stiefpa.

DIEDIE maak haar bene wyer oop en laat rus haar elmboë daarop; haar pienk-en-wit panty sigbaar deur 'n skeur in haar langbroek.

DIEDIE: Issit? Jy't hom nog nooit gemention nie.

BABS: Moet my nie verkeerd kry nie, hy was 'n –

DIEDIE: 'n Kontse kjeend?

BABS lag. Spoeg byna 'n mondvol bier in DIEDIE se gesig, wat in haar kenmerkende kekkellag uitbars.

BABS: Ons het op eierdoppe geloop wanneer hy by die huis was. Seker meer soos glasstukke of kole. Die caravan het Mamma se tronk geword. Sy vuiste sou nes Mike Tyson s'n rondvlieg as Sandy net 'n toon oor die drumpel sit.

DIEDIE: Nogal? Ek sou hom moes bliksem!

DIEDIE haal 'n sigaret uit en speel daarmee terwyl sy verder na BABS luister.

BABS: Ek en Sussie het compete om te kyk wie die meeste van sy guns kon wen. Dit was meestal ek. Sussie was ook nie veel kompetisie nie. Sy was nie regtig goed in enige iets nie. Wou 'n actress wees, maar kon nie een woord onthou die oomblik as sy op die verhoog kom nie. 'n Deep-rooted vrees.

BABS lag, dié keer bitter, om die seerkry van die herinnering sagter te maak.

BABS: Nie net stage fright nie, ook life fright.

DIEDIE (*steek die sigaret aan en vat 'n diep teug*): Het hy haar ook geslat?

BABS: Ja, sy sou alewig die simpelste goed aanvang en dan sou hy gou regstaan om Sussie soos Ma agter 'n toe deur reg te donner.

DIEDIE: En jy?

BABS: Nooit. Ek't die huis vir myself gehad. Hy't nooit 'n vinger op my gesit nie. Ek was sy oogappel. Amper vir my soos 'n seun behandel. Maar ek was ook 'n actress soos Sussie en 'n baie beter een.

Hy sou my soms plaas toe vat; 'n neef van hom se plek. Net agter Xhouroep. Die lang stiltes het nooit snaaks gevoel soos by die huis nie. Ek sou my Hello Kitty-kussing onder my stêre op die passenger seat sit. Hy sou vir ons Coke en slaptjips kry. Hy was kalm en stil op die langpaaie. Ek het my altyd verkyk aan hoe klein sy hande lyk op die stuurwiel, soos 'n seuntjie s'n. Ook as hy die .22 vashou. Die enigste useful ding wat hy my geleer het, was om te skiet. Eers net blikkies. Toe duiwe. Nadat ek een met 'n kolskoot dood dat die vere soos konfetti deur die lig waai, sou ek hulle begrawe. Toe ek my eerste bok skiet, het hy gehuil. Ek was so confused toe hy my optel en in die lug swaai terwyl hy snikkend tjank. Meen eers ek't opgefok. Die bok net gekwes. Maar toe hy begin lag dat sy geel tanne in die laatmiddagson blink, voel ek byna disturbed. Hy was nog nooit 'n ou vir physical affection nie.

DIEDIE sit haar hand op BABS s'n. BABS bewe van ontsteltenis.

DIEDIE: Gee skuif.

BABS: Hy het hande vol van die bok se bloed geskep en my gesig daarmee gesmeer. Dit het my laat dink aan die Greek tragedies waarvoor Sussie alewig sou audition. Asof ek gekroon word, maar soos Oedipus met 'n vloek. Ek proe nou nog die rou ballas. Almal het gesig getrek uit walging. Maar ek wou my diktril hou en het gemaak of dit na niks proe nie. Ek het my stiefpa dopgehou terwyl ek dit eet en imagine dat dit sý ballas is wat ek besig was om fyn te kou. Vir al die kere wat die kooi gekraak het terwyl Mamma huil en skree. Ook vir die keer toe ek Sussie met 'n bloeiende neus moes help ná hy met haar klaar was en die karavaan toe was van die rooi. En omdat hy besig was om my in hom te verander.

Ligte doof uit.

TONEEL TIEN: Silwer spore

SAND/BUITE

DROOM

SANDY kaalvoet met pantoffels in die hand.

SANDY: die uitgewer het my langs die pad opgetel

ek't my skoene uitgetrek

wou stap soos seevakansies

kop gekul dat klip en glasstuk skulpe kan wees

is jy mal

klim in die kar

maar ou Sandy luister net na die wind

en die reën

of die swart hart hier binnekant

die uitgewer het afgetrek langs die pad

en al die gedigte agter my begin optel

die wat ek soos rommel rondsmyt

as liefde geen reg het nie

dan het drome nog minder

SANDY gaan sit op 'n sandduin.

ek het opgestaan uit geskeurde bladsye

kollege gelos om aan my manifes te skryf

en die kaap het te veel begin raas

al die verkeersknope verdwaalde haweloses verdeelde

verledes

vat my verse en val in die pad

as my hart in my keel begin klop

sou ek hom herroep

jy gaan dit nog groot maak

ons het jou stem nodig

van duimgooi tot afdraaipaaie

sou ek die leegte van 'n kar se agtersitplek ontdek

die drek van eensaamheid
'n hand oor my mond
kop teen 'n safety belt
kaktus krap tussen my dye
en 'n honderdrand in my hand

Sy haal 'n handvol sente uit haar japonsak en begin met die munte in haar hand
speel.

Paps was 'n suinige bliksem
elke sent omgedraai
'n naam vir elke munt gegee
die uitgewer het my by die see afgelaai
dit moes in die oggendure wees
maan gemeng met die bloed van die son
deur kraak
gefrommelde papier
hy roep agterna
jy smyt jou talent weg
maar ek hoor net seevoëls
toe ek gebalde vuiste oopmaak
was dit vol OMO witsand
korreltjie klein in my hand
die bruines meen jy moet bakhand staan
toemaar, ek onthou dit was blou die dam of hemeldak
die silweres is sommer net spore soos in Laurika se
song
die klap van vlerke het my wakker gemaak
ek het opgestaan uit my geskeurde bladsye
maar als was weg
die polkadot sambreel
Pa se boepens sonblok
die lifeguards coolerbag
en my boek wat tussen die skulpe uitgespoel lê

waar's die dae van toffies en los ciggies koop met
vyfsente
en elkeen het waarde
al is elkeen nie ewe veel werd nie
ek het opgestaan uit my geskeurde bladsye
die water was koud, my tone rooi
stroom sterk wou ek na die blaaie gryp
waai ek bly gryp
maar die boek versuip
my voete styg bo die grond met die uitgewer in my
mond
ek sien my weerkaatsing in die waters
en 'n spieël breek tussen my en my ma se verwagtinge
ek wou nie
die water is koud
ek wou rooi of blou
ek kan nie meer die vergeet opvou
vas my vingers aan 'n rots
ek sien sterre
hulle skyn helder uit die land van verraad met beloftes
gemaak van skulpe
ek wou so donners graag water wees
maar die grootdam het my nes 'n visgraat uitgespoeg
en ek het uit my geskeurde bladsye opgestaan
maar niemand het eens geweet ek was weg nie

Ligte doof uit.

TONEEL ELF: Waarheid sonder versoening

HEDE

SAND/KLAS/BINNE

MENEER DE KOCK teken stokmannetjies op die swartbord.

M/D: Die getjirp en geblêr van selfone het in Babs se
klaskamer in 'n toondoof orkes verander.
"Geen selfone," weergalm haar stem.
Gesiggies word geleidelik meer melankolies, nes
skemertyd as die skadu's oor die blomme vou.
"Julle ken al die reëls."
"Maar juffrou," kreun een.
Dis Alecia. Sy sit self skaamteloos met haar groot, plat
Samsung in haar hande.
"Regtig? Tot jy?"
Dis nog twee periodes van pouse af. Babs verstaan nie
waarom die leerders nou al so xhouboe raak nie. En
boonop het sy nog sterrestelsels om met die kinders
deur te gaan. Natuurwetenskap is reeds nie haar
sterkpunt nie.
"Dis 'n video van juffrou Babs en Romario."

*BABS kom selfbewus SAND/KLAS ingestap. MENEER DE KOCK klim op die
ander skoolbank.*

BABS: Meneer de Kock se kantoor is warmer as wat ek dit
onthou. Maar niks is lyk my soos ek dit onthou om te
wees nie. Daai video. Die gal wat ek gebraak het.
Romario se lyf wat oor die banke gesmyt word.

M/D: Daar was klagtes, juffrou.

M/D trek sy das reg. BABS hoes.

M/D: Van die ouers af.

BABS:	Die vensters dig toe met gordyne soos vuil hare wat stokstyf hang.
M/D:	Hulle voel jou taalgebruik was onvanpas en ongelukkig vir jou, juffroutjie, verdra ons hier by Laerskool Bergsig geen vorm van rassisme nie.
BABS:	Ek dog meneer was verlig om van die leerder ontslae te wees.
M/D:	Ek is waarlik geskok deur u aantygings, juffrou. Jy ontbloot mos nou vandag hier voor ons jou ware karakter. Dit is tot my groot teleurstelling dat ek u, op versoek van Romario se ouers sowel as ons beheerliggaam, vra om op onmiddellike verlof te gaan tot ons 'n datum vir u dissiplinêre verhoor vasstel.

Ligte doof uit.

TONEEL TWAALF: Koljander, koljander

VERLEDE

KASTEEL/BINNE

SUSSIE is besig om die kombuis skoon te maak. Haar hare hang in slierte oor haar gesig en die oogomlyner onder haar oë het gesmeer. Wanneer sy vuil skottelgoed voor die TV wil kom haal, kry sy vir SANDY wat op haar maag uitgepaas op die vloer lê. Sy sug uiters moeg en gefrustreerd, sit die skottelgoed eenkant en loop na BABS toe. Sy vries in die deur van die slaapkamer wanneer sy BABS se kaal rug sien. SUSSIE buk af en streel oor BABS se skouer. Wanneer BABS omdraai, spring SUSSIE vinnig regop, kruis haar arms en kyk anderkant toe.

SUSSIE:	Kom, luigat.
BABS:	Ek weet ek moet my toemaak, die juffrouens leer ons van kleins af om teen sulke goed te waak. Maar ek kies om die waarskuwings te ignoreer. Ek hou van hoe sy my laat voel.
SUSSIE:	Kom help.

BABS: Met?

SUSSIE (*sug*): Sandy.

BABS: Sy weer uitgepaas?

SUSSIE: Sy slaap maar net.

BABS loop agter SUSSIE aan TV toe. Op die TV-skerm wys Lotto-balle wat in die rondte draai. Dis net die lig van die skerm wat sigbaar is, verder is dit donker. SANDY lê langs die La-Z-Boy met 'n glas wat op die mat omgekantel het steeds in een hand.

SUSSIE (*skor*): Vat die arms.

SUSSIE vat die voete en BABS die arms. SANDY kreun. Hulle dra haar tot voor die bed en begin dan haar lyf heen en weer swaai terwyl hulle sing.

BABS en **SUSSIE**: Koljander, koljander so deur die bos, my ma en pa
              kook lekker kos. Die kinders verstik aan 'n druiwetros.
              Die laaste een se kop word afgekap. (*Hulle gooi haar op die
              kooi*)

Die gekrys van kraaie kan nou op die agtergrond gehoor word.

BABS trek SANDY uit die bed en sleep haar pap lyf al op die treinspoor langs. Die toneel vloei sonder enige ligte wat uitdoof oor na die volgende toneel.

TONEEL DERTIEN: Suiplap

DROOM

SAND/BUITE

Die gekrys van kraaie word al harder. BABS trek 'n slapende SANDY van die bed af en sleep haar al op die treinspoor langs. SUSSIE begin 'n sandkasteel op die bed bou. Sy sing die "Vrou van Samaria" se refrein regdeur die toneel, melancholies en temerig.

BABS: Rodney het vir my 'n treintjie met die spoor en al
              gekoop.

SANDY: Vroegoggend hoor ek hulle van die slagpale af.

BABS:	Kon nie glo dit was vir my nie. Ek het nog nooit gedink dat ek so iets verdien nie.
SANDY:	Die kraaie wat so klaag, klink soos dop, dop, dop . . .
BABS:	Iets spesiaals.
SANDY:	Dan light ek maar 'n gwai en bid dat die dag minder kak is as die vorige.
BABS:	Als moes plek maak daarvoor. Nie soos ek wat net moes plek maak vir almal nie.
SANDY:	Dop in my kop, gat op die mop. Jirre, dit krap aan my vel en stroom deur my bloed.
BABS:	Toe hy die batteries insit, skyn daar sulke liggies uit die trein en dan begin dit al vinniger op die spoor ry.
SANDY:	Rodney los gewoonlik 'n geldjie op sy kopkussing. Eers begin as 'n kak joke oor ek nou sy permanente prossie is. Nou is dit maar net hoe dit is en die betaling het veel minder geword.
BABS:	Aande sou ek bid dat God my sal klein maak, klein soos 'n kakkerlak, sodat ek in die trein kon klim en wegry. Weg.
SANDY:	Nou verwag die etter ek moet my medisyne met 'n twintigrand koop. Sy moer. Dop. Tot die kraaie weet 'n Old Brown-dop kos meer as dit.
BABS:	Skielik kon ek opstaan in die oggend. Daar was iets om na uit te sien as skool smiddae klaar is. Verlange na hom – na weg wees – was minder.
SANDY:	My spaarvark op die yskas is out of the picture. Daai is vir 'n rainy day en as ek so by die caravan uitstaar, is die reën nog ver.
BABS:	Ek het al die stupid poppe wat net eenkant met hulle dooie ogies sit en kyk in die treinwaens gedruk. Elkeen op sy eie reis.

SANDY en BABS begin die treinspoor uitmekaar haal.

SANDY: Toe, terwyl die kraaie van oorkant die N7 aanhou
          skree, begin ek Babsie se treinspoor uitmekaar haal.
          Moes myself inhou om nie die kontrepsie te breek nie.
          Versigtig nou, Sandy, als kan breek. Ek pak dit in los
          Shoprite-sakke, trek my moneymaker aan en paint my
          lippe. Sommer met 'n paar vissies aan die voete val ek
          in die pad.

BABS: Toe ek by die huis kom, was als weg. Ek het nie gevra
          waar dit was nie. Ek kon sien. Ek kon ruik. Ek kon voel
          aan die klip in my maag wat al swaarder word.

SANDY: Versigtig, ou Sandy, als kan breek.

BABS: Dat sy nooit sal verander nie.

SANDY: Dop.

BABS: Dat sy my gemaak het om my seer te maak.

SANDY: Dop.

BABS: Dat die Jirre ons straf om met haar opgeskeep te sit.

SANDY: Dop.

BABS: Dat sy altyd haar fokken wyn meer liewer sal hê as vir
          my.

"Weak" van Skunk Anansie / "Army of Me" van Björk speel hard. Ligte flits psigedelies.

BABS en SANDY lyk byna psigoties wanneer hulle histeries begin om die TREINSPOOR op te breek en die stukke in alle rigtings rond te gooi tot hul uitasem van die lag en huil ineensak.

TONEEL VEERTIEN: Purper

VERLEDE

KASTEEL/BINNE

Dowwe lig op SANDY en RODNEY wat langs mekaar op die bed sit. Sy hou 'n potlood en tydskrif vas en hy 'n kettie. Hulle voer bewegings uit wat eet, werk, ontvlugting en vernietiging voorstel. Af en toe maak hulle verwronge kreungeluide.

Ligte doof stelselmatig uit en die fokus verskuif na die leef/TV-area. BABS lê op die La-Z-Boy en SUSSIE in 'n slaapsak op die vloer. Die kreungeluide uit die kamer word harder. SUSSIE begin lag. BABS gooi SUSSIE met haar teddiebeer.

SUSSIE: Wat?

BABS: Hoekom lag jy?

SUSSIE lag al harder.

BABS: Hoekom lag jy?!

SUSSIE: Dis fokken funny.

BABS vries.

SUSSIE: Hulle maak, jy weet.

BABS: Wat?

SUSSIE gooi haar met een van haar pap sponskussings.

SUSSIE: Nee man, jy vat seker one?

BABS: Is nie.

SUSSIE: So, jy wil vir my sê jy't nog nooit gehoor wat grootmense maak nie?

BABS: Ek's nie dom nie

SUSSIE: Ja, jy is. Sommer xhouboe.

BABS val plat op haar rug. SUSSIE kan aanvoel dat haar halfsuster verneder is.

SUSSIE: Sorry. Jy's nie xhouboe nie.

BABS: Dankie.

| SUSSIE: | Jy's taatie. |
| BABS: | Jou moer! |

BABS en SUSSIE bars uit in 'n hewige lagbui, hoesend en uitasem. Die gehyg in die agtergrond hou skielik op. SUSSIE klim bo-op BABS en druk haar mond met albei hande toe. Die spanning bou geleidelik tussen SUSSIE en BABS op totdat hulle begin soen. Aanvanklik speels en skaam, en dan raak dit skielik driftig.

RODNEY:	Wat de fok vang julle twee aan?
SANDY:	Baby –
RODNEY:	Ek gaan hulle opnaai. Daai twee moenie vir my kom try nie.
SANDY:	Asseblief, baby –
RODNEY:	Nee, gots, moet jy nie nou ook begin nie.
SANDY:	Hulle is maar net kinders.
RODNEY:	Ja, my kjeeners.
SANDY:	Ja, baby.
RODNEY:	Ek was die beste skrumskakel van Hoërskool SA van Wyk.

(RODNEY begin stadig sy hemp en skoene uittrek terwyl hy praat)

Sandy, daai was die dae. As ek, soos ekke hie staan, my oë so toemaak dan ruik ek weer nat gras en hoor hoe my antie, suster, Oupa Piet, my girl Meisietjie skree en fluit. Toe ek daai vet boer tackle. Jô! Been teen been. Oef. Grond in my mond. En toe ons land, ek sweer op Oupa Piet se graf, het die hele sportgronde geskud soos 'n aardbewing. En baby, jy moet weet, hierie is 'n man wat later sou groen en goud dra. En simple old me, kjeend vannie Skietbank, het daai dag homself lat sien.

| SANDY: | Jou paps was seker trots? |
| SUSSIE: | 'n Dark shadow val oor hom terwyl hy sy belt met een trek lospluk. Dit maak 'n onaardse klank. Vel wat skeur. |

SANDY:	Askies, baby, ek weet mos nie veel van hom nie.
RODNEY:	Jý!
BABS:	Sy woorde is wynglase wat van die tafel af val.
RODNEY:	Jy weet fokkol.
SANDY:	Ek verstaan nie.

RODNEY pyl op SANDY af waar sy dwars oor die bed lê. Hy trap reg voor die voetenent vas en spring op haar. Hulle asems jaag teen mekaar. Sy vuis stuit voor haar gesig.

SUSSIE:	Sy weet nie meer of hy haar seermaak oor hy haar haat of liefhet nie.
BABS:	Hy skrik vir die kleur van bloed op haar wange.
SUSSIE:	Dit is vir hom die mooiste picture.
BABS:	Hy staar na sy vuiste asof dit nie aan hom behoort nie.
RODNEY:	Die plooie, letsels en eelte is als nie myne nie.

(*Hy knip 'n paar keer sy oë en kyk dan vraend na SANDY*)

Sien jy . . .

(*Hy praat stadig en ingekeer*) Wat jy aan my doen.

(*Aan gehoor*) Als word slow motion soos ek spat met die bal onner my blad. Die xhoubanke smelt saam met die geelsand en afgedopte skoolmure en hande wat klap, klap, klap. Hy. Deddie. Sien ekke met sy klein glasie vol wyn. Nie eers geweet hy kyk die game nie. Als smelt behalwe hy. "Jy's 'n fokken moffie," skree Deddie en als word yskoud. Die gras jeuk teen my bene. Ruik nat grond en proe bloed in my mond. Spat. Ek moet spat. Sien nie meer die wit pale nie. Ek sien hom. My voete lig vannie grond af. Stof. En ek tackle hom met glas wat vlieg en skare wat hol. Been teen been. Oef. Grond in my wond. En toe ons land. Is Deddie se gesig vol vanit. Bloed.

Ek weer 'n laaitie met ma-goed in my arms. Asof sy myne is. Hy skree. My skoolhemp is rooi. Mamma haal nie asem nie. Skietbank bloei uit haar uit. Deddie lag soos ek met xhoeboe bene by die huis uithol die strate in. Sand vol bloed x!kam aan alles. Ek hol na die social worker, maar sy sluit haar kar. Ek hol na die huis langsaan, maar hulle sê ek moet ophou stories opmaak, ophou my kop se kak praat. Ek hol na die priester, maar hy sit sy ligte af en trek die gordyne toe terwyl die gospel music al harder word. Al harder word.
Al.
Harder.
Word.
Toe ek uitasem van hulp soek weer by die huis kom, is Mamma besig om aartappels te skil. En Deddie lê onner die bakkie met sy spanners. Miles op die platespeler. En ek vra virrie Jirre, so what?

Ligte doof uit.

TONEEL VYFTIEN: Numb

DROOM

KASTEEL/KARAVAAN

BABS, SANDY en SUSSIE lê in die karavaan rond. SANDY haal 'n papsak onder die opslaantafel uit.

SANDY: Kom girls! Die plek druk my vas.
BABS: Rodney het al vroegmôre die pad gevat.

SUSSIE:	Sy trok het Blou Bul-horings voorop die dak al kyk hy nie eers rugby nie.
SANDY:	Baby het 'n honderdrand op die TV gelos.
BABS:	En Mamma het 'n papsak êrens uitgekrap.

SANDY gebruik die papsak om 'n sirkel rondom die SAND/BUITE-ruimte te trek. Die gebaar is rofweg en speels. Sy kyk ontevrede na die sirkel. Lig die papsak en vat 'n sluk sommer met die kraan oor haar mond. Versigtig begin sy om die sirkel loop. Sy tel 'n sonbril wat eenkant lê op en sit dit op haar gesig. SUSSIE, met groot oorfone op, loop agter SANDY aan. BABS probeer presies in SUSSIE se spore trap.

SUSSIE:	Op die hitte van die middag het sy ons lat stap.
SANDY:	Met aasvoëls wat ons die spoor wys en 'n kraailied in my hart.
BABS:	Linkin Park brom uit Sussie se earphones.
SUSSIE:	Ek wens ek kon net disappear. (*Sy sing saam met die lirieke van Linkin Park se "Numb"*)
SANDY:	Ons stap.
SUSSIE:	Fuck knows waantoe.
BABS:	Ons stap êrens heen.
SANDY:	Enige plek behalwe hier. Hy hang nog in die lug.
SUSSIE:	Sandy trap die draad plat vir ons om oor te klim.
SANDY:	Deur die slagpale.
SUSSIE:	Bloed en binnegoed gevlek op die grond.
BABS:	My maag beginne draai.
SANDY:	My kop begin swaai.
SUSSIE:	Karkas en kopbeen.

BABS val op haar knieë. SANDY en SUSSIE hou aan om in die rondte te loop, al hoe vinniger.

BABS:	Ek kan voel hoe als uit my stroom.

SUSSIE kniel by BABS en vryf oor haar rug. BABS skrik vir die teer gebaar.

SUSSIE:	Babs, is jy okay?

BABS: Toe ek my oë oopmaak, is daar 'n groot poel niks voor my in die sand. (*Sy soek rond tussen die korreltjies sand*) Niks.

SANDY gaan sit op 'n sandhoop. 'n Boomskadu val oor haar, en sy smyt die sonbril eenkant. Sy druk die laaste wyn uit die papsak in haar keel af. SUSSIE en BABS hardloop soos klein kinders, vrolik en vol giggels na haar toe. BABS klim op 'n skoolbank en begin van die een bank na die ander spring. SUSSIE haal 'n knippie uit haar hare en begin haar naam op een van die banke graveer.

BABS: Die plek het anders gelyk as wat ek kon onthou.

SANDY: Ek wou nooit 'n kind hê nie; nog 'n lewe opfok nie.

BABS: Voel nou asof ek en Rodney nooit hier was nie.

SANDY: Wou nooit eintlik bestaan nie. Sou verkies om wind te wees.

SUSSIE: Deddie het my gemaak en toe weggesmyt. Eers na my evil ouma en nou hierie witmense wat my nie understand nie.

BABS: Tog kry ek sy reuk in die Piet Snot. Proe ek hom aan die xhounebe.

SANDY: Ná Babs gebore is, het ek met my booty shorts en baby blues by Klawer se cross op die eerste trok gespring. Daisy gesuip en saam met die driver op Linkin Park se lyrics gesing.

SANDY, BABS en SUSSIE sing die eerste twee reëls van Linkin Park se "Somewhere I Belong" tesame.

SANDY: Of ek het haar saamgevat . . . die onthou bly vat die pad.

SUSSIE: Ek verkies Hole, Courtney Love, hello? Kurt Cobain se corpse bride, se cult feminist band. Hulle sing oor shit wat my hart ken en niemand anders in Bergsig se Langstraat nie. Ook nie die caravan park by die boertewe nie. Al is Sandy en Babs ook fucked up soos ek.

SANDY: Wens ek kon eerder wind wees.

SANDY sit die papsak op 'n skoolbank neer. BABS en SUSSIE stol en hou haar dop terwyl sy 'n kettie te voorskyn bring. Sy staan terug, mik na die papsak en skiet. SANDY skiet mis. SUSSIE bars uit van die lag met haar hand voor haar mond. BABS stamp haar in die ribbes. SANDY maak 'n gebaar wat SUSSIE nader aan haar wink. SUSSIE kom huiwerig nader. SANDY sit die papsak op haar kop. SANDY oorhandig die kettie aan BABS. BABS skiet die papsak van haar kop af.

Ligte doof uit.

TONEEL SESTIEN: Famous last words
DROOM
SAND/KLAS/BINNE

Dowwe kollig op SUSSIE wat in 'n skoolbank sit en 'n sandkasteel bou.

SUSSIE: Ons het vanaand vir Oedipus die musical perform.
Ekke het net stukkies van die play onthou, maar ek het
alles try neerskryf wat nog in my kop was. Wat ook
maar min is, lol. So, toe lat sing ek die konte maar.
Ek wou 'n laaste keer try om iemand te wees –
En glo my dit was harre werk om met die anner girls in
die gestig te werk. Ammel het altyd issues: Assit nie
depression, anxiety, pille of love life issie, dan issit
eating disorders. Toe sê ek hulle moet dit alles deel
maak vannie show. Kan jy glo ek't tanneborsels as
props gebruik. Symbolism op 'n next level.
Die nonne en vaders en cleaners en security het vir ons
'n standing ovation gegee. Ek konnie ophou bow nie.
Die girls het vir my blomme ook gegee. Ek dink hulle't
dit innie community garden gepluk, maar ek worry nie.
It's the thought that counts. Ek love dit hieso, Babs. Dit
voel asof ek iets beteken hier. Ek issie meer ashamed

om na myself te kyk in die toilets nie. Die girls sê ons is familie.

Hulle het gevra dat ons vanaand 'n ceremony doen om ons te bind as susters. Hulle het gevra dat ek vannie rotgif by die cleaners vat en dat ons dit vanaand saam moet drink. Ons gan al ons komberse vat en 'n paar kerse en ons toemaak innie toilets. As ammel hulle laaste goodbaais gedoen het, kan ons elkeen een groot sluk vat. Ek's baie excited om dit te doen, Babs. Ek blame nie meer vir jou of Sandy nie. Deddie moes anyway . . . dit maak tog nie mee saak nie.

Moenie worry oor my nie. Ek't altyd gesê ek's op pad boontoe.

SUSSIE slaan die sandkasteel stukkend.

Ligte af.

DEEL DRIE: Vir Sexton, Jonker of die Jirre

Moenie kyk na die stof in my huis nie
Kyk na die stof in my siel.

– Esme Marthinus, "Gat inni grond, wond in my siel"

TONEEL SEWENTIEN: Papsakbriewe

HEDE/DROOM

KASTEEL/BINNE / SAND/BUITE

Ligte doof uit in KASTEEL/BINNE en fokus in op SAND/BUITE. SANDY stap met 'n kussing teen haar bors vasgedruk en gaan sit teen 'n sandduin. Sy maak haar oë toe en haal diep asem, asof vir die eerste keer in jare. Dan haal sy 'n papsak uit die kussingsloop wat sy eenkant smyt. Grawe 'n glas uit die sandduin en skink vir haarself 'n dop terwyl sy die papsak onder haar blad vashou nes 'n troeteldier.

SANDY (*aan gehoor*): Ma van my man

       ek skryf sodat jy nie kak van my moet dink nie

       my bes het ek probeer met die leftovers wat jy my gelos het

       Valencia se social worker het gesê sy was al kaar siek toe sy hier kom

       en jou seun –

       waar begin ek

       het van jou arms tot in myne gehardloop

       steeds dieselfde seuntjie met 'n skoolhemp besmet in jou bloed

       en het als geword wat julle hom gemaak het

       so, sorry om van jou kak te hoor, maar

       daar is geen geregtigheid in hom nie

       voordat hy my van my binnegoed beroof het

       hou hy nie op nie

       maak nie saak wat bloei of breek nie

       my hart is opgefok, skoonma

       al my vreugde is skoonveld

       ek is tot van my God beroof

       want die doos wat alles was vir my

       het uitgedraai om die kakste van alle mans te wees

       dit weet ek vir 'n feit

van alle lewende wesens
is ons vroue die meeste gefok
word ons met beloftes van smokkelgeld
en groothuise om die bos gelei
om jou intelligensie prys te gee
kos donners baie
asof ons verstand nie genoeg is nie
word hy boonop die god van ons lywe
die ewige stryd,
die dobbel van gaan hy bly of
met sy trok vir altyd wegry
egskeiding is ook uit die picture
want ons ouers het ons geleer
dis teen die Jirre se wil
die mense merk jou met skarlaken voor die bors
dan volg sy reëls en regulasies
so asof jy sy kind is en nie sy vrou nie
terwyl hy die huis op horings neem
jou brood eet en jou laat skroot vreet

as jy nie die perfekte vroutjie vir hom kan wees nie
die Jirre hoor my, dan is die dood 'n beter opsie
want dan is hy bored van jou
en hy gaan vind plesier in bottels bier en sakke wyn
van vroumense die helfte my ouderdom
en ons?
ons vroue mag mos net na een man kyk–

hulle sê ons kan happy wees hulle sorg vir ons,
swoeg en sweet by die werk vir ons én die kinders
hoe fokken benaai is hy nie!
ek sal eerder die hele N7 van oggend tot aand skoonvee

maar ons storie is tog nie dieselfde nie

ek sit stoksielalleen in die dorp weggesteek

die strate ken skaars my voetspoor

dit is nie my dorp nie

dis julle grond, koppies, huise, kruise, bloedlyne en

empty promise myne

Niks is myne,

behalwe my wyn,

so, ek klink vanaand 'n glas op jou

Ma van my man

cheers!

laat my val waar hy wil!

Ligte doof uit.

TONEEL AGTIEN: Dooievroudeur

HEDE

SAND/BUITE / KASTEEL/BINNE

DIEDIE staan met 'n grocery-sak in elke hand, een met brood, eiers en sigarette en 'n ander met 'n boks wyn. Sy is sigbaar gewalg wanneer sy BABS en SANDY se woonplek sien. Sy staan voor die karavaan en klop.

Ligte fokus in op KASTEEL/BINNE.

SANDY vul sudoku in en maak of sy nie die klop aan die deur hoor nie. BABS skrik wakker, vee kwyl van haar mond af en knip 'n paar keer haar oë om seker te maak sy droom nie meer nie. Die geklop gaan oor in 'n gehamer. BABS besef dat SANDY nie gaan opstaan nie en trek vinnig 'n oorgroot T-hemp aan. BABS begin sleepvoet in die rigting van die deur beweeg.

DIEDIE (*roep*): Babs, ek weet jy's daa binne.

BABS maak vinnig haar hare plat en ruik of haar asem nie stink nie.

DIEDIE: Ek wil net kom kyk of jy okay is. Mis jou by die skool.

BABS stuit voor die deur.

DIEDIE: Dis blerrie rude om 'n mens so lank voor jou deur te lat staan.

Teësinnig sluit BABS die deur oop, hardloop terug na haar kooi en trek die lakens oor haar kop. Met een hand trek DIEDIE die laken van BABS af en smyt dit eenkant.

DIEDIE: Nee fok vrou! Net oor jy nie meer 'n werk het nie beteken nie jy kan nou net lê en muf nie.

BABS: Ek weet.

DIEDIE draai haar kop eenkant toe. BABS kyk onseker na DIEDIE, weet nie hoe om haar bui op te som nie. DIEDIE sit 'n Pick n Pay-sak vol kruideniersware op die kombuistafel neer. DIEDIE stoot haar top se moue op en vryf haar hande teen mekaar.

DIEDIE: Kom!

DIEDIE gryp een kant van die matras.

BABS: Wat maak jy?

DIEDIE: Ons gan die matras buite loop sit.

BABS en DIEDIE dra die matras by die kamer uit. SANDY kruip agter die La-Z-Boy weg.

DIEDIE (*aan Sandy*): Moenie net so staan nie. Kom verby.

IMPROVISEER: DIEDIE beveel BABS om vuil wasgoed bymekaar te maak terwyl sy die skottelgoed beetkry.

DIEDIE: Is daar nie music in dié huis nie?

SANDY sit die TV aan en "Timotei Shampoo" van Gert Vlok Nel begin speel.

BABS: Mamma het die song altyd op Sondae geluister. Eens op 'n tyd, 'n gelukkiger tyd, as daar so iets bestaan het.

BABS begin lag toe DIEDIE vals begin saamsing, met die meeste van die woorde verkeerd. SANDY tap twee skottels vol water.

DIEDIE (*vir SANDY*): Haal daar vir ons elkeen 'n sigaret uit.

SANDY se oë verorber die brood, eiers en sigarette in die een plastieksak langs DIEDIE se handsak.

DIEDIE: Gaan dit lank vat?

SANDY neem vir DIEDIE die pakkie sigarette. DIEDIE vat dit sonder om na SANDY te kyk en haal 'n aansteker uit haar bra. BABS kom binne en laat val 'n hoop klere op die vloer. Met haar eerste teug aan die sigaret kyk DIEDIE vir BABS op en af.

DIEDIE: Jirre vrou, jy lyk terrible.
BABS: Ek weet.

DIEDIE skud haar kop.

DIEDIE: Gaan was jou net.

DIEDIE bring die bokswyn uit die ander plastieksak te voorskyn en hou dit na BABS uit.

DIEDIE: En gan sort solank jou ma uit.

BABS haal die papsak uit die boks en neem dit vir SANDY, waar sy eenkant sit en na buite tuur.

SANDY sing by haarself.

Ligte doof uit. Fairy lights begin flikker.

BABS en SANDY sit nou elkeen op 'n omgekeerde verfblik. DIEDIE kam SANDY se hare. BABS haal die papsak uit die boks en skink vir elkeen van die wyn in blikbekers.

DIEDIE: Soms, terwyl ek so sit op Sondae en my soapies se re-
                runs kyk, kry ek net hierie intense desire om Vernie se
                kak te loop pak. Ek wil al sy hemde en broeke, wat ek
                vir nagte aaneen stryk, sommer met hangers en al in
                die grootste tas smyt wat ek kry. Ek wil sy stupid
                knipmesse daarin gooi. Al sy pap jockies. Die Best Dad-
                koffiebeker. Al sy ou *Playboy* magazines in die
                buitetoilet. Tot sy good-old-days-foto's voorin sy Bybel

op my spieëlkas. Alles wil ek net wegnaai.

Ek wil National Wake in die CD player sit en my hare losmaak, hoe dit ook al lyk. Ek wil nie 'n fok worry nie. Ek wil kaaltiet dans en al die breekgoed stukkend gooi. En as die neighbours kom inloer dan wil ek hulle sê om te loop naai. Sommer die Chinese teacups van my ouma agter hulle aangooi. Hopelik tref 'n piering een van die nosey fokkers teen die kop.

As die kinders van die skool af kom, jaag ek hulle weg. En as hulle vra: "Wat gaan aan met Mammie?", sal ek sê: "Mammie gaan nou begin leef. Mammie wil asemhaal. Mammie gaan van nou af vorentoe net haarself wees en daar is nie plek vir enige man of kind meer nie." Ek sal die secret stash dagga onder een van hulle se matrasse uitkrap en sommer met die naaste stuk koerantpapier vir my een helse zol maak.

Die kinders sal huil en skree vir kos. Die mense in die straat sal sê ek is mal. En ek sal terugskree, at the top of my lungs: "Ek is nie mal nie, ek is dik gerook!" Daarna sal ek die kan petrol uit die garage krap en alles daarvan vol gooi. Ek sal 'n match strike en dit by 'n oop venster insmyt. Ek sal my kaalgat uittrek en my klere ook in die vuur gooi. Alles. Tot my sokkies en my panty en my earrings. Ek sal lag terwyl dit brand. Sal seker tjank ook. Maar ek sal nie meer 'n fok voel nie en net skree.

BABS, DIEDIE en SANDY kyk na mekaar.

ALMAL: Ek is nie mal nie, ek is dik gerook!

Ligte doof uit.

EPILOOG: As niemand van jou weet nie

HEDE

KASTEEL/KARAVAAN / SAND/BUITE

BABS en SANDY sit en bou saam 'n sandkasteel in die KASTEEL/ KARAVAAN.

SANDY: Kom.

BABS: Waantoe?

SANDY antwoord nie. SANDY neem BABS se hand en hulle loop na die SAND/ BUITE-gebied. BABS kyk af en sien die klein hopie sand met 'n appel daarop. Fairy lights begin flikker.

BABS: Dit was al vroeg donker toe Rodney se trok buite stop.

SANDY: Hy het vir ons 'n bottel Red Heart gebring.

BABS: Hulle het daai aand so aan die suip geraak.

SANDY: Ek was nie lus om meer te luister na al sy kak stories nie.

BABS: Ek kon dit nie meer vat nie.

SANDY: Moet alewig hoor hoe mooi die nuwe girls op die pad is.

BABS: Ek druk later my earphones in, maar tot die musiek klink na niks. Al wat ek hoor, is branders wat op rotse breek, bande wat op die highway bars.

SANDY: Ek was gatvol van net sy fokken slaansak wees. Wou hom wys ek gee nie meer om nie.

BABS: Maak nie saak hoe styf ek die kussing teen my ore gedruk het nie, ek het haar nog hoor skree. Hoor val teen die vloer.

SANDY: Op my knieë tel ek die skerwe van myself op.

BABS: Eers gedink dis die kraaie toe ek daai geluid hoor, maar dit was sy, Mamma, sy wat so huil.

SANDY: Ek het die glas wyn uit sy hande gepluk en al my poems, wat hy sê so vernaai is, vir hom begin opsê.

BABS: Asseblief, Mamma, hou op.

SANDY:	Wens my hart was nog Jik-skoon vir Sexton, Jonker en die Jirre om in te woon.
BABS:	Asseblief, Mamma.
SANDY:	Maar nou . . .
BABS:	Hou op!
SANDY:	Is my binneste 'n sweet red-papsak.
BABS:	Asseblief!
SANDY:	En god 'n leë bottel Laat Oes langs die pad.
BABS:	Hou op!
SANDY:	Nou toe, moer my.
BABS:	Sy geweer –
SANDY:	Nes Deddie jou ook gemoer het.
BABS:	. . . was op die gewone plek.
SANDY:	Die kak gaan mos nooit ophou nie.
BABS:	Toe ek my oë toemaak, kon ek sy arms om my voel sluit.
SANDY:	Ek wil anyway nie meer hier wees nie.

"So What" van Miles Davis begin speel.

SANDY:	Sy lyf val in my arms.
BABS:	Branders wat op rotse breek. Bande wat op die highway bars.
SANDY:	Ek het hom houvas soos nog nooit tevore.
BABS:	Ons Rodney.
SANDY:	My half Nama, half nomad.

Musiek doof uit.

BABS:	Ek het gewag tot als weer stil word, en toe sy voete gevat.
SANDY:	Ek sy arms.
BABS:	Al die ander karavane en tente se ligte was af.

SANDY:	Als was swart buite. 'n Ster of twee het ons die pad gewys.
BABS:	Na sy usual spot.
SANDY:	Skrootwerf toe.
BABS:	Sy het 'n gat begin grawe.
SANDY:	Sommer met my hande.

BABS wys boontoe. Die gekrys van kraaie word harder.

SANDY:	'n Wolk kraaie het om ons begin warrel.
BABS:	Al in die rondte.
SANDY:	Dit was asof hulle geweet het.
BABS:	Ons kon niks meer van hom sien nie, net sy vuil safety boots het uitgesteek.
SANDY:	My half Nama, half nomad.
BABS:	Ons Rodney.

SANDY gaan sit kruisbeen; wys BABS moet dieselfde doen. Fairy lights hou op met flikker.

BABS:	Die polisie gaan een of ander tyd agterkom.
SANDY:	Daai luigatte?
BABS:	En as hulle my kom haal?
SANDY:	Dan kom ek saam.
BABS:	Ek's bang, Mamma.
SANDY:	Dis okay, my Babsie. Ons sal hier vir hulle wag.

Ligte doof uit.

DIE EINDE

Erkennings

Toestemming tot die gebruik van die aanhaling uit Koos du Plessis se lied "*Somber deuntjie*" is, namens die kopiereghouers, verleen deur INCLINE MUSIC.

Du Plessis, Koos: Deel Een se motto is 'n aanhaling uit "Somber deuntjie" wat in 1996 op die album *Koos Se Plaat* vrygestel is.

Ferrus, Diana: In Toneel Twee word 'n reël aangehaal uit die gedig "I've come to take you home" uit die bundel, *I have come to take you home*, Xlibris Corporation, 2011.

Jonker, Ingrid: In Toneel Een, Twee en Tien word reëls aangehaal uit die gedigte "Bitterbessie dagbreek" en "Die kind" uit die bundel *Rook en oker*, Nasionale Pers, 1961.

Kamfer, Ronelda S.: In Toneel Twee maak SANDY melding van Kamfer se bekroonde debuutbundel. En in Toneel Vier word daar twee reëls aangehaal uit die gedig "Waar ek staan" uit hierdie bundel, *Noudat slapende honde*, Kwela Boeke, 2008.

Marthinus, Esme: Aan die begin van Deel Drie is 'n aanhaling uit "Gat innie grond, Wond in my siel", 'n dansfilm deur Byron Klaassen ondersteun deur Garage Dance Ensemble, 2021.

Nel, Gert Vlok: In die Proloog word verwys na die lied "Moenie my hier vergeet nie, Dixie" en in Toneel Agtien en in die Epiloog word verwys na die lied "Waarom ek roep na jou vanaand". Hierdie lirieke is opgeneem in sy bundel *Om Beaufort-Wes se beautiful woorde te verlaat*, Queillerie, 1999.

Odendaal, Welma se kortverhaal "Die dood van Mejuffrou Appel" was die inspirasie vir die karakter, Juffrou Appel (J/A) en in Toneel Ses en Nege is dele uit hierdie kortverhaal verwerk en in die dialoog geïntertekstualiseer. Die kortverhaal is opgeneem in haar bundel *Getuie vir die naaktes*, Perskor, 1974.

Sexton, Anne: Die motto van Deel Twee is aangehaal uit die gedig "The Double Image" uit *To Bedlam and Part Way Back*, Houghton Mifflin, 1960.

Woordelys:

kapadien – vegter/kaptein

nwata – simpel of kinderagtig

paselie – voorsê/aanpraat

vedala – klaar te maak, dood te maak, van krag te stroop

x!kam – klou/kleef

xhoeboe – knopperig

xhou – harde klank (skreegeluid) wat gewoonlik gebruik word om 'n huil- of lagbui te beskryf

xhoubanke – plat klipbanke

xhouboe – sleg/simpel

xhounebe – 'n inheemse plant wat in die Namakwa-distrik voorkom

xhorro – Nama-woord vir gesels, praat

zalie – moederfiguur

www.ingramcontent.com/pod-product-compliance
Lightning Source LLC
Chambersburg PA
CBHW030239180626
46810CB00008B/3204